© 毛毛蟲男孩

文　　圖	江明恭
責任編輯	楊雲琦
美術設計	王立涵
發 行 人	劉振強
發 行 所	三民書局股份有限公司
	地址　臺北市復興北路386號
	電話　(02)25006600
	郵撥帳號　0009998-5
門 市 部	(復北店) 臺北市復興北路386號
	(重南店) 臺北市重慶南路一段61號
出版日期	初版一刷　2019年3月
編　　號	S 858771

行政院新聞局登記證局版臺業字第○二○○號

有著作權‧不准侵害

ISBN　978-957-14-6595-1　(精裝)

http://www.sanmin.com.tw　三民網路書店
※本書如有缺頁、破損或裝訂錯誤，請寄回本公司更換。

毛毛蟲男孩

江明恭／文圖

三民書局

「啊！有可怕的毛毛蟲！」

大家都不喜歡毛毛蟲，
小男孩陽陽也是。
可是，
陽陽的臉上卻有一條趕不走的
「毛毛蟲」。

毛毛蟲吃掉陽陽的夢想，
也吃掉陽陽的信心。
陽陽自言自語的說：
「應該沒有人願意和我當朋友吧？
大家一定會被我嚇跑的。」

怕被別人取笑

所以陽陽總是一個人哼著歌曲，
畫圖給阿毛欣賞。

我是阿毛

一個人看書、
念故事給小金魚聽。

一個人孤單去公園，
和阿毛賽跑。

一個人坐在鞦韆上，陽陽偷偷的
流下眼淚。

其實，陽陽一點也不喜歡一個人。

他也好想跟其他的小朋友一起
玩遊戲，和大家分享他的圖畫。

「哎！都是討厭的毛毛蟲害的啦！」
陽陽說。

最近，學校最受歡迎的
話劇比賽即將展開了！
全校師生都好開心啊！

只有陽陽安靜的做著表演道具，
聽到同學興奮的討論角色分配與臺詞，
陽陽的頭垂得更低了。

話劇表演那天，
班上飾演虎克船長的同
學突然不能上場，
大家慌張的亂成一團。

「我有辦法！」
老師充滿自信的安撫大家說。

就在小飛俠揮著短刀搶救朋友時，
「哇！神祕的虎克船長出現了！」
神氣的船長帽、飄揚的長披風，
還有很酷的刀疤耶！
帥氣的虎克船長牢牢吸引住大家的目光。

啪！啪！啪！

啪！啪！啪！

話劇比賽落幕後，
「虎克船長」得到了
最佳造型獎，那也是
陽陽製作的道具喔！

「虎克船長原來是陽陽耶！」
同學驚喜的說。

這是陽陽第一次讓「毛毛蟲」清楚暴露
在大家眼前。可是，現在的陽陽只想趕緊
遠離大家的目光，偷偷的躲起來。

老師關心的拍拍他，陽陽卻急哭了！
「你們不怕我臉上的毛毛蟲嗎？」
「很像電視裡的大壞蛋吧？」
「大家應該不敢和我當朋友吧？」
陽陽低聲哭著說。

「我的手臂也有一條毛毛蟲啊！」
「陽陽是我的同學，也是我的朋友。」
「不怕啊！我覺得很酷耶！」
「陽陽很熱心，幫大家好多忙，是最棒的好朋友。」

同學的話語就像冬天的陽光，溫暖陽陽的心，
也晒乾臉上的淚。

陽陽開心的給同學一個微笑，
也給自己一個微笑。
大家開心的一同遊戲，
如同飛舞的蝴蝶般輕鬆自在。

現在的陽陽不再羞怯，他會大方的說：
「我是最與眾不同的『毛毛蟲男孩』，
我可以和你們作朋友嗎？」

關於《毛毛蟲男孩》

您是否曾在不同的場合上，見過一些外在容貌傷殘的朋友們正專注、賣力的工作？當下的您感受如何？懼怕？同情？惋惜？還是覺得好奇，想窺探他們背後的「故事」因而多問了幾句？但，您應該沒想過，或許這些不愉快的過往，正是當事人不願再被觸碰的傷疤和恐懼，而現在卻因過多的「關心」造成二次傷害。

其實，他們最需要的是認同自己與融入社會的勇氣，而《毛毛蟲男孩》說的就是這樣的故事。從對未來的揣測及對人群的恐懼說起，故事裡小男孩「陽陽」最在意的就是同學的目光，儘管他們什麼都沒說、什麼都沒做，自卑心的作祟，讓「陽陽」和同學間築起一道隱形的高牆。然而在故事的結尾，「陽陽」受到師長、同學的鼓勵，選擇突破自我、發揮長才，坦然面對外在的恐懼及內心的想法，進而了解，原來外人的眼光並非全然如自己臆測的糟糕，讓原先充滿負面情緒的「陽陽」重新找到自我的光彩。

我非常了解「陽陽」的想法，因為那個毛毛蟲男孩就是我。幼年時的一場意外，我的臉縫了數十針，記得當時臉被繃帶纏得緊緊的，只露出一顆眼睛，活像個木乃伊。原想說傷口癒合後應該也毀容了，但感恩老天眷顧，傷口恢復得還不錯，雖然仔細看仍會看到「毛毛蟲」的影子。曾經我也自艾自憐過，都是這「毛毛蟲」讓我不敢去實踐許多夢想，甚至夢想破碎，而且更討厭他人用同情、遺憾的眼神看我。還好，我會畫圖，從藝術的世界裡找到證明自己的能力和情緒抒發的出口，也因此交到許多好朋友、拿到碩士文憑、獲得美術教師的工作，甚至擁有幸福美滿的家庭。只因後來的我明白一件事：「沒有人是完美的，但是真誠的接納、體貼的心意，真的能把不完美轉化成更多的完美。」

感謝三民繪本獎的「克服恐懼」議題，讓我以自身經歷進行改寫創作，最終有機會和大家分享這本溫暖、可愛的《毛毛蟲男孩》，同時也誠摯邀請您，成為這群社會中「與眾不同」朋友們最溫暖的陽光。

江明恭

汪明恭小檔案

我是一位兒童美術老師，儘管已是大叔的年紀，心裡卻有著兒童般的童話天堂。

我喜歡說故事、畫故事，而我的孩子和學生就是忠實小小聽 & 觀眾。

《毛毛蟲男孩》畫的就是我的故事，而我最想和大家分享的是：

「或許，每個人心裡都住著一隻自己不敢面對、懼怕的毛毛蟲，

　　　但是，只要勇敢踏出一步面對挑戰，

　　　　　那隻毛毛蟲將會變成美麗的蝴蝶替你喝采喔！」